心の平和Ⅱ

Hoshi Koichi
星 幸一

日本文学館

まえがき

心の平和Ⅱを出版するのは、前回出版した『心の平和』の真意が読者の皆様に理解してもらえた気がしないからです。皆様に私の心の平和が理解してもらえるまで心の平和Ⅱ、Ⅲ、Ⅳ、Ⅴ……と書き続けたいと思います。

ただ単に面白かっただけでもいいのですが、読み返すごとにこの本の言わんとしていることがあなたに伝わってくると確信しています。心の平和はただ良いことをするに尽きるのですが、どれが良いことか見極めることも心の平和の神髄です。

いろんな情報がとびかう現在、真に正しいことを知ることは心のアンテナを立てて、常に情報を得ようという作業を行わなければいけません。正しい意見、認識は最後には残るのです。歪曲《わいきょく》した考えがまかり通るときもよくあります。しかしいつかは是正されるのですが、それまで被害をこうむるのはあなた自身なのです。

心の平和がもたらす正しい行動は友達の輪を広げ、心安らかに健康体を維持します。

間違った考え方は孤立を生じさせ、体がむしばまれていきます。中途半端な心の平和は感心できませんが、考えこむことはもっと体によくありません。

あなたの心の平和の実践が世界平和につながるのです。良いことをしていると人との輪ができます。百パーセントの大きな輪が心の平和です。しかし心には選択の自由があり、心の平和が崩れるのもあなた自身とあなたの行動によるものなのです。人任せにせずに自分自身の選択、行動ができる人になってください。

心の平和Ⅱ　目次

心の平和Ⅱ

心の平和Ⅱ

七月の終わり毎日が猛暑の中、散歩するなら朝早くと思い朝食も取らずに散歩にでた。思川《おもいがわ》*の堤防にさしかかった時、元気のよい女生徒集団に出会った。バレーボールかバスケットボール部の合宿練習であろうか、賑やかな声が行きかう。リーダーらしき者から5、4、3、2、1、の合図の後に「おはようございます」の輪唱が響いた。一瞬爽やかな風が通り抜けた。私の気持ちも爽やかになった。

この文章は心の平和の原点であり、これからこの文章の肉付け、解釈、拡大解釈、引用などを用いて、心の平和を追求していきます。

心の平和は、頭の中で考えることでなく、実践に意義があるのです。どのように実践するのか、皆さんと共に考え実行し、またその実例を挙げて私なりに分析、あなたにも分析していただきます。心の平和はさまざまな心の動き、心の動揺があります。その心の動きを正しいものの正解に近いものに導く努力が必要になります。あなたの行動の力になればと思い、心の平和について書くことにします。

＊思川は栃木県中西部を西から南へ流れる利根川水系渡良瀬川の支流の一級河川

人を許せば許される

あなたが人を許すことにより、あなたは許されるのです。これを逆手にとってはいけません。罪作りなあなたは、自分の悪さを人に転嫁してしまう傾向があります。この傾向はだれもが持っている自己防衛本能です。罰当たりもんです。

まず自分自身を戒め自分に問うのです。これで良かったかを自分に問うのです。どうすることもできなく、成り行きまかせにしていると悪い方向に行きます。この時どうすれば良いか心をめぐらします。終わってしまえば良き解決方法など考えようがありません。

人はこの時神に祈るのでしょう。心の平和は祈る前に人を許し、自分自身を素直な気持ちに整えます。神は自ら助けるものを助けるのでしょう。心の平和は神、仏に祈る前の心構えのようなものです。

あなたの罪は許されたと言われても信じがたいですね。許されたいと思うなら、あなたになされた悪行をあなた自身が許しなさい。人と人のつながりは許すことから始まるのです。

人に優劣はない

人は生まれながらにして格差があるのは事実です。しかし、人に優劣がないといいたいのです。裕福な家庭に生まれ、容姿端麗、頭脳明晰、非の打ちどころもないあなたは、ほかの人をさげすむことができるでしょうか。

人はいろいろなハンディを乗り越えて、人間らしく成長するのです。何も迷わずに生きてきた人にどんな魅力があるのでしょう。

顔は年輪です。その人の生き様が顔にでます。何不自由なく暮らしていると、しまりのない顔になっていくでしょう。私は波乱万丈の時代を生きてきたので、いつも憧れてしまいます。人には、それなりの歴史があります。

私はありきたりの人生を歩んできたと多くの人はいいます。ありきたりの人生ってなんでしょうか。ありきたりの人生なんてありません。人生は常に波乱万丈なのです。人に安住の地などありません。人は生あるうちはあくせくして死ぬまで迷える子羊なのです。羊に優劣などないのです。

以心伝心あなたの気持ちはつたわります

誰しもがわかり合える伴侶、友達を求めてさまよい歩いています。求める先に安住の地があると思って、あなたの気持ちが手に手を取るようにわかります。こうなれば恋の成就です。いつも遠回りしてあなたの気持ちを推測していました。

でも今は手に取るようにわかります。心が一緒になったのですね。あなたがいなければ生きていけない。求める者ができたあなたは幸せものです。求めるものができなくても求めるものがあるあなたは幸せです。

人はわかり合える人を求めて生きているのです。良き伴侶、良き友を得られた人、求めている人は幸せです。諦めた人には幸せが来ないような気がします。何をあくせくと人は言いますが、あくせくしてまでも以心伝心のあなたが欲しいのです。

人混みの中に身をゆだね、その中で一人でも私をわかってくれるあなたが欲しいのです。わかってくれなくてもそばにいてくれる、あなたが欲しいのです。面倒だと思うこともたびたびありますが、やはり以心伝心のあなたが欲しいのです。

ジョン・スチュアート・ミルの言葉を借りるなら

「満足な豚であるより、不満足な人間である方が良い。同じく、満足な愚者であるより、不満足なソクラテスである方が良い。そして、その豚もしくは愚者の意見がこれと違えば、それはその者が自分の主張しか出来ないからである。」（『功利主義』第二章より引用）。

この言葉を借りると人は常に満足せず、不満足である方が良いと言っている。人は与えられた物に満足せず、常に向上心を持って行動する生き物である。それゆえ不満の集まりである。

常に満足せず、不満分子の集まりということは、はっきり言うと永住の地がないということだろうか。だとしたら寂しくてこの上もないことである。行き着く先がないことである。

この不透明な時代、何を楽しみに生きていくのであろう。それは理想を求めて変わらぬ真実を求めてその過程を楽しむのである。先の見えるつまらなさより先の見えないワクワク感を楽しみたい。

いじめから始まる独裁政治

始めは些細ないじめかもしれない。しかしこのいじめは大きな要素が含まれている。子供の時芽生えた、いじめは諸悪の根源なのです。

自分以外の者を排除する。考えを同じくしないものを排除する。考えを同じくする者同士で仲良くする。自分を中心にした者同士のグループを作る。別に悪いこととは思われない。そこに考えを同じくしない者を排除するという考えがなければ別に気にすることでもない。個人意見の尊重である。

だが個人意見の尊重するあまり、他の意見を排除するところから問題（いじめ）が生まれてくる。私に限って常に公平な見方ができると思っていても、やはり自分には甘いのです。同じ考えの者同士ワイワイやるのは楽しいものです。

他人の意見を排除した独裁的な政治は長くは続きません。他者の意見を排除した、曲がった考えでは羅針盤が方向を見失うのです。人はいろんな人がいてそれを認めることによって、バランスがとれているのです。個人、個人を尊重すればいじめということは考えられません。

本当のことを言われるのが怖いのです

人は誰しも自分のミスは認めたくないのです。いつも自分を平静に装いたいのです。私に限って並の人と違う、そしてまた周りの人と同じく変わりのない人間だと矛盾する考えを持っているのです。

好きな人に言われたとします。あなたってちょっと汗臭いですね。この一言が頭の片隅に残り消臭グッズを買いあさり、私が臭うなんて、まして加齢臭《かれいしゅう》なんてありえないと怒りだす寸前です。

人は誰しも体臭が、多かれ少なかれあるものです。異常に体臭があるとすれば少しは気にした方がいいでしょう。あまりにも体臭のある人には気を遣って言いにくいものです。もしそれが本当なことなら非常にショックです。少しでもショックなのに。多かれ、少なかれマイナスなことを言われるのが怖いのです。私の人格、人間性まで崩れそうになるからです。体臭ですらこうですから、性格や人間性を指摘されたら生きてゆけない。でも全然気にしない人がいることも忘れないで、怖がらないでください。

人を切る

不景気で職のない時代、企業は生き残りをかけてリストラを決行する。リストラをされる方リストラをする方、お互いに大変なことです。

無駄を省く。リストラつまり切ることである。競争社会において身軽にしなければ生存競争に生きていけないからである。誰がどういうふうに切るか、振るいの目の大きさが問題である。利益を上げている人、協調性のある人などが振るいにかけられない代表である。しかし不景気という波は立派な社員でもリストラしなければならないときがある。

切る人は、恨まれたり妬《ねた》まれたりする。切る人も実は辛いのだ。すべてのことにリスクが伴う。そのリスクを少なくするために切るのである。競争社会においては避けられず、人を切ることを真剣に考える必要がある。

人を切る。ある意味では裁くことである。一昔前までは仲睦《なかむつ》まじく和気あいあいと、仕事ができた。多分良き時代だったのであろう。しかし急激な進歩の時代になると、それがゆるされなくなってきた。考えることの多い現代、生き延びるのも大変な時代です。

生きるための仕事はすべて聖職

仕事に優劣をつける人がいます。私には理解できないことです。人は働くことで自分自身の空腹を満たし、そして家族をやしなう。これ聖職であってなんの文句をつけられましょうか。

後ろに手が廻らなければ、すべて聖職だと思います。生きるためには常に死に物狂いです。働く人を見て聖職と思えない人は、心に難がある人だと思います。

生きるために働く、これはかつて人間が狩りをしたことと同じです。それゆえ聖職だというのです。仕事に優劣をつけるのはその人のおごりで、その時点でその人は人の道に外れた人なのです。おごり高ぶりを捨てて働く人、自分のため、家族のため、社会の一員として働くのが人の姿なのです。

生きるために必死で働く。それを横目で見て、なにをあくせくして、と思う人は私にとって問題外の人です。人を人として見ない人は、私も人として見ません。

恋は熱くなったほうが負け

「恋の成就は構えない」と似ているが、恋は熱くなったほうが負け。恋は熱くなるものである。だが熱くなりすぎると負け、なかなか難しいものである。

恋は盲目と言い、熱くなると自分を見失う。つまり冷静さを失うのである、冷静さを失うことは、ただのお馬鹿さんである。二人でお馬鹿さんになればこの上もない幸せ者だが、一人で熱くなるとただのお馬鹿さんです。

恋は熱くなったほうが負けとは、こういうことである。熱くなければ恋ではない。ふたりで燃え上がれば地上の楽園、くれぐれも一人で燃え上がらないように、恋は熱くなったほうが負け。厳しい現実を踏まえ二人で熱くなれ。（『心の平和』星幸一　恋の成就は構えない　引用）

勝てぬ戦をなぜする

男として生まれてきたからには負けを認めて、引き下がるわけにいかない。負けを認めることは、死を意味するのです。

それでも男として戦わざるをえないのです。それは簡単に言って女にいいところを見せたいからです。それは種族保存の法則の一環でＤＮＡを守る行為で、そのためには死することも潔いとする考えからです。

それともう一つ、人はいかに死ぬかと常に考えているのです。死の美学というか、死の恐怖と闘い、それを実践するのです。若い人はあまり考えないでしょうが、年とともに考えるようになるのです。

しかし勝てぬ戦は、臆病風に吹かれたと笑われようとも、するものではないのです。人は生にしがみついて、この世の中に一人になっても生きてやるという泥臭さを持ってもらいたいものです。人は生きるために生まれてきたのです。

心の平和の民は飼いならされた猫にならず牙を磨け

心の平和の民は皆おとなしい。おとなしいのはいいことだが、必要なことを言ってその上でおとなしいのが、鉄則です。言うべき時に言わないのは、おとなしいのではなく馬鹿なのです。

概して大きな声を上げない心の平和の民は、いつでもおとなしく、何も言えない民と思われがちです。必要なこと、またそれ以上に周りを和ませる社交的会話も必要だと思います。心から出る自然な会話こそ世の中の潤滑油なのです。

心の平和の民であれ、常に自分の考えを持ち必要な時必要な意見を言えるような、良き社会人になるべきなのです。自分の意見を持たない人は、はっきり言ってお馬鹿さんだと思います。

心の平和の民は常に自分の考えを持ち、いつも、危機管理能力を持ち社会に貢献することです。人任せにしません。一番簡単な選挙から始めましょう。そして横柄《おうへい》な人の行為を見て見ぬふりしないことです。高齢になってからは、とくにそうです。若者がその行為をすると、生意気だと喧嘩になるケースが多いのです。仲裁は年の功が効くと思います。

恥をかかせる、痛い目にあわせる

恥をかき痛い目にあう。そんな所には二度と行きたくないと思います。恥をかかせ痛い目にあわせる。それはリンチで犯罪行為です。陰湿で犯罪すれすれと思われ、人のする行為で非常にいやなことです。

口で言ってもわからないようだから、ギュウの音も出ないように懲らしめる行為なのでしょうが、人と人が憎しみを持った行為で感心できかねます。人と人のわだかまりを、恥をかかせ痛い目にあわせて解決する。何か動物的行為ですね。

人と人は憎しみ合い、いがみ合わなくても、話し合いで解決する方法を選択し、そうすべきです。それが人の道だと思います。日本には恥の文化があります。ある意味で素晴らしいと思います。しかしいがみ合う文化はいりません。

恥をかき、いがみ合う。恥をかかせ痛い目にあわせる。こういう非人道的な行為は過去の遺物として葬りたいと思います。

苦しい時の神頼み

誰しもが苦しい時の神頼みをしたことがあるでしょう。いつも信心深いことをしていなくても、悩める時はやはり神頼みですね。日ごろの信心のない人が急に神頼みして、効くか、効かないかは定かではありません。

ひとつ言えることは、神頼みすることにより、気持ちが少し晴れることです。心のよりどころを神様に転嫁したことにより、気持ちが軽くなります。

神頼みの効用です。友達に悩みを話すと同じような効用です。お友達は話すだけでなくアドバイスや叱咤《しった》激励をしてくれます。それが的確か否かは別ですが、やはり気持ちが軽くなります。

神頼み、これも人生、生きていくための手段のひとつです。私は信心深くないから神頼みなどしない、と言う人もいるかもしれません。でもそれで気が晴れるならやはり神様は偉大です。

親しき仲にも礼儀あり

よく耳にする言葉です。親しき友人関係においても礼儀が必要である。さらには、これを超える無礼講の友人関係になりたいと人は思っている。

でも最初は親しき仲にも礼儀ありで、友達関係がスタートするのが普通です。人は動物と違い、礼儀をわきまえて交友がスタートするのです。誰しも人の家に土足で入ってきてほしくはないのです。気のおける人とは相手に対して気遣いのできる人です。

その気遣いが取ってつけたようでなく、自然と出ることが望ましく、自然の振る舞いも礼儀を守ったものでありたい。親しき仲には無礼講、それは本人同士のことで、他人にはそれが分からなくてもいいのです。

礼儀ではじまり、礼儀で終わる。親しき仲にはいらないように見えるが、そこに第三者が入るとやはり、親しき仲にも礼儀あり、ということになる。礼儀とは摩擦なのでしょうか、それとも潤滑油なのでしょうか。

勇気を持って臨む

ことを始めるにあたり、まず必要なのは勇気、チャレンジ精神です。勇気がなければ始まりの一歩が踏み出せない。勇気を持って臨まなければ前には進まないのです。

この勇気はどこから出てくるのでしょう。一番先に言えるのは安定した生活。二番目にチャレンジ精神です。三番目は火事場の馬鹿力です。

勇気を持って臨むにあたり、一番目に安定した生活がなぜくるか、勇気は生活安泰の上にくるのです。明日の生活に困るようでは、次の一歩が踏み出せません。やはり生活安定していて、次の一歩が踏み出せるのです。二番目はその人の意識の強さ、チャレンジ精神です。悪く言えば欲の深さです。でも欲がなければ生きていけません。欲があるから頑張れるのです。やるしかない、の心境です。

力尽きて命を落とす。こうなる前に何度ともなく、勇気を持って臨むことです。チャレンジの数だけ人生をエンジョイできるのです。波乱万丈の生活、最期が野垂れ死にしてもその人には、チャレンジの数だけ満足があったのです。

気にとめる

気にとめる、この行為が信頼関係の始まりです。人は生まれてきて、交友関係を広める活動を主体に、生きていくのが普通です。

人は覚えてもらうこと、気にとめてもらうこと、を非常に喜びます。大部分の人は自分自身をアピールするために生きているのです。気にとめてもらうことが、自己の顕示の一歩です。

友達を作るには名前を覚えること、小学校一年生で習うことです。社会人の今も同じです。名前を覚え、気にとめることです。気にとめてもらった人とは信頼関係が始まります。気にとめる、些細なことですが嬉しいのです。

気が利く、気にとめる。気遣いの世界です。気遣いの世界、気にとめることを覚えたなら鬼に金棒です。

何が心の平和なのか

はっきり言って普通の生活が心の平和なのです。皆さん普通の生活がしたいから、汗水流して頑張っているのです。頑張らないと普通の生活が維持できないのが実態です。

普段の生活に心のよりどころを求め、日夜頑張っているのです。普段の生活でも少し油断をすると、足元をすくわれるのが今日この頃です。誘惑、足を引きずる落とし穴、疑惑の多い現在です。

普段の生活、秩序ある暮らしが心の平和です。簡単なことですが百パーセントやってこそ心の平和なのです。九九パーセントではだめなのです。百パーセントをクリアしてこそ、心の平和なのです。心の安らぎは百パーセントにあるのです。

次元の高いのが心の平和なのです。極楽浄土とか、パラダイスとか、同じようなものだと思いますが、心の平和は現実のものです。心から望めば得られるものです。皆で望めば得られるものです。

山あり谷あり

人生、山あり谷あり、波乱万丈の人生を、歩む人も中にはいるでしょう。平凡な人生、波乱万丈な人生、どちらがいいか。だいたい人は、平凡な人生を送りたいと思っているようです。

山あり谷ありの人生は疲れます。そういった人生を望む人は少ないと思いますが、望むと望まざるを得ず、波乱万丈な人生になる人がいます。一言でいえばそういう星の元に生まれてきたと片づけるのもどうかと思います。人生の選択において、難しい方に、難しい方に選択する人がいます。

山あり谷ありの人生は、その人がそう選んだ人生だと思います。平凡な人生がいいと思いつつも平凡な道を選べない、勝負師的要素を持った人なのです。好き好んでこんな道に入ったわけじゃないとよく聞きますが、本人が選んで入ったのです。

山あり谷ありの人生は、山の時はいいのですが、谷の時のしのぎのつらさは何ともいえません。ただ、このつらさを経験した人が、山の頂の幸福の絶頂感を味わえるのかもしれません。

明日への一歩

社会人の明日への一歩は、ストレス解消の一杯とか、子供の笑顔とか、奥さんの行ってらっしゃい、おかえりなさい、の一言だったりします。

しかし、あえて無視してもらうほうがいいこともあります。あまりに疲れていて、言葉をかけてもらうこともいやなこともあるからです。その時によります。その人が何を望んでいるか察して、その時にあった言葉をかけるのです。人はたった一言で天国に行けるし、地獄にも行ってしまいます。言葉は、とても大事です。同じ言葉でも時と場合と、言う人により意味がまるで反対になるのです。好きな人にお疲れ様と言われると嬉しいけど。そうでなく嫌いな人に言われるとすなおにそう思えないのです。

同じ言葉でも意味が違う、使う方は大変ですね。でも言葉には共通の意味がありま す。頑張ろう、お疲れ様、御苦労さま、など共通の意味を持ち意思疎通には欠かせない誤解のない言葉です。世間的に挨拶と言われる言葉です。

せめて明日への一歩のため、正しく、明るい挨拶のできる人になりたい。人への挨拶は元気を送ることができる。明日への一歩はある意味で挨拶である。正しい挨拶のできる人になりたい。人にエールを送る。そんな大げさなことではないが、挨拶のできる人になりたい。

雨の降る夜は寂しく白い雪になりたい

こんなロマンチックな気持ちに浸りたいあなたは、幸福の絶頂期、または打ちのめされどん底の状態ですか。嬉しくて泣く、悲しければもっと泣く、幸、不幸の行動は似ています。

しんしんと降る雪は寂しく、ザーザーと降る雨音は、心に優しくぐっすり眠れると言う人もいます。同じことが正反対の意味にとれるのです。心のよりどころは、どちらに合って、どちらが正しいのでしょうか。

どちらも正しいのです。人の感覚は同じことでも時と場合により、受け取り方が変わるのです。雨の降る夜は寂しく白い雪になりたい。前向きな人はロマンチックな気持ちで素敵な夜が訪れようとしています。どん底状態の人は夜が来るのが怖い、夜など来なければという思いでいっぱいです。

人の感覚は同じことをこうも異なった受け方になるのです。楽しい時、寂しい時人は言葉を選び、接しなければいけないということです。鈍感であっては失礼になることが多々あるのです。

衣食足りて礼節を知る

これは主に開発途上国のことです。飢えている人に道徳は理解しにくいものです。それは三歳ぐらいの子供までです。だから三つ子の魂百までも、と言うのでしょう。やはり人間飢えを感じれば礼節を失うものです。飲む、打つ、買うといった遊びを覚えるとお金はいくらあっても足りません。衣食足りて礼節を知ると言っても、レベルが上がりすぎて礼節の単価が違いすぎます。

なにせ道徳教育が必要な子供たちに路上にあふれることだけは阻止してもらいたい。幼き子は最低限国が守るもの。意思の反映できない者たちに国が手を差し伸べる。それ以降自分の食いつなぎのためか子供ができる。少子化の関連から考えればいいことかもしれない。でも子供を食い物にする考えは許せない。

今の時代衣食足りて礼節を知る。こういう時代は終わったかのように思われるが、いろんな遊びが多様化する時代食べるためなら問題ないが、その上の遊びにかかわるお金はいくらあっても計算できない。遊びは生活費以外からと、口を酸っぱくして言いたいが守られていない。

振ってください

自分の願いと違う方に返事が返ってきたら、話題を他に振ってください。たとえば、丸山公園の藤の花がきれいだから一緒に見に行きませんか、と聞かれたら、明日は用事があるので、市役所まで運転してくれませんか、と話題を変えるのです。

明日は用があるので花見にはいけません。という型にはまった答えより、私は他に用があるので私の運転手になってもらえませんか、と振ったほうが、相手の好感が得られると思います。

相手に合わせるだけが愛ではありません。相手に合わせて、できるだけノーと言わせないような努力も必要なのです。相手にイエスと言わせるように、努力するのです。できるだけノーと言わない国民、日本にだけ当てはまる会話かもしれません。ノーと言えない国民、他の国民から見ればおかしいかもしれませんが。和をもって尊すとなす、国民なのです。

プライドを傷つけるような言動は常に禁句

相手の立場をわきまえない言動は、御法度《ごはっと》です。戦国時代のやり取りには馬鹿にされれば命のやり取りしかない、とうたっています。中世ヨーロッパではプライドを傷つけられれば手袋を投げ決闘です。

面子《メンツ》、プライドで生きる時代は確実に終わったのです。でもその根本に根づく武士道、騎士道の心は常に生きづいています。これがあるから倫理観が守られているとも言えます。これを法制化するには難があります。

古き時代が終われば新しい時代がくる。すこしだけ手を加えた新しい倫理感を携えて、新しい時代がやってきます。どの時代にもプライドという言葉を法的に整備することが難しい。あってはならないもの、なくてはならないもの。

プライドを傷つける、それはその根底には自分より劣る者へさげすみです。その気持ちがプライドとなって表れ、そういうこともろもろが、プライドを傷つける行為におよぶのです。

自分の人生を他人とオーバーラップしないで下さい

自分でできなかった夢を、他人に託すのはどうかと思います。遠くで見守る、そのくらいにしてください。特に身内には期待に押しつぶされる危険があります。

自分ができなかった夢を他人とオーバーラップする。輪廻の法則から言ってごく普通のことです。オーバーラップすることにより、その人にプレッシャーになることだけは避けたい。特にその人が好きだとしたら、好きな人は遠くで見守るのが一番です。見守るだけでは歯がゆい。手助けしたい。金銭面での手助け、よけいかもしれないアドバイス。一番いいのはお金だけ出して何も言わないことです。お金を出して一言加えると紐付きの援助に変わります。

紐付きの援助はあまり喜ばれません。あげたいのなら黙ってあげなさい。そのことにより、助言を求めて相談にくるかもしれません。なければなくて結構です。うまくいっていると思い安心できるでしょう。

正しいものを見極める

大勢の中にいて、常に正しいものを見極めるのは大変難しいことです。大勢の中にいると人の波に流されるからです。時を超えても不変的な正しいものを見失うことがよくあります。

普通なら見分けられるものが、群集心理によって見失うことが多いのです。群集心理というものは、冷静さを失わさせる何か特別な力を持っています。偉人と言われる人はこの力を利用したと思います。好むと好まざるにかかわらずこの力が左右したと思います。

この点、小さなお子さんはこういうことには迷いません。先入観がないからです。小さなお子さんの感受性を大切に、と声を大きくして言うのには、こういう意味があるからです。大人には見えなくなった何かが見えるからです。

私たち大人は、世間の毒に染まった感があります。だから毒に染まらず、いつまでもピュアな感受性を持った大人であり続けたいと思います。

人は皆教えることが好きで教えられることを嫌う

この言葉を的確に表しているのが、ゴルフではないでしょうか。誰でもゴルフ初心者にゴルフの手ほどきをしたがる者です。またその初心者が最もというか神妙に聞くのです。そんな訳でゴルフ談議がエスカレートします。

このゴルフ談議も何人か聞くうちに興味がなくなるのが普通です。誰しも教えるのが好きなのですね。最初の二、三回は神妙に聞くのですが嫌になるのです。学校の先生のお小言と一緒ですね。

忠告は二回まで、後は本人次第。嫌われてまで忠告する必要生がないということですね。口を酸っぱくするほど小言を言う。

時代が変われば考え方も変わる。忠告が小言と言われる。そんな時代になってきたのです。こんな時どう対応したらいいのか困ってしまいます。教えること、忠告は二回まで次の忠告、または教えることは、相手の出方次第で決める、自分からはよほどのことがない限り、知らんぷりするのが一番だと思います。聞く耳を持たない人に何を言っても無駄だからです。

死をもって守るもの

自分の死をもってまで守るもの、家族ですか、大好きな人ですか。守るべきものがあるということは素晴らしいことです。たとえそれが面子《メンツ》や尊厳であってもしかりです。

人は夢に向かって進むことと、いかに死ぬか、この二つの大きな目的のため生きているのです。家族のために生きる。真実を極めるために生きる。仕事、学術、スポーツを極めるために生きる。

夢に向かって進み、道半ばにして息絶える。これもまた死をもって守るものです。自分の道、自分の死に方を見出せた人は幸せな人です。

この間がんに宣告された人に会いました。嬉しそうに、私がんなんです、と語りかけてきました。その人は身寄りもなく、一人で長い人生を生きていくのがつらかったのか、これで何年かのうちに死ねると言い本当に嬉しそうでした。この場合自分の身を守るのが大変だったのです。

参加することに意味を見出す

交流の場としてもうけられ、参加することに意味を見出され、四苦八苦している人もいるでしょう。知らずに参加したセミナー、名刺交換会や挨拶に四苦八苦して、私は場違いの所に来てしまった感がありました。

二度目の時は以前と違っていました。顔見知りの人が何人かいて、以前とは違いたやすく溶け込めました。会話もスムーズに進み、参加することの意味を見出してきました。顔見知りになり、自分を売り込み会話の中に入っていけました。

次の集まりは、もっと楽しみになりました。参加することに意味を見出したのはいいことですが、金銭的な意味も見出さなければいけません。メリット、デメリットを考えなければいけません。

でも参加することに意味を見出したことは社会人として大きな一歩を踏み出したことになるのです。大勢の中で自分の主張を言える、また自分の立場を考えられることは集団生活の中で大きなメリットなのです。

あなたがいたから僕がいた

どん底状態の時あなたに会った。私はあなたに救われた。あなたは私の良き伴侶になると思い、その確信は揺らぎもしなかった。しかし彼女は前の彼氏の許に嫁いでしまった。

私は単に雨宿りの通行人にすぎなかったのです。私自身、運命の人と思いましたが、ひとりよがりでした。運命の人と巡り逢えただけでも幸せです。たとえ肩すかしでも、このときめきは嘘ではありません。

人生には何度かの、ときめきがあるのでしょう。そのときめきがあっただけでも、人生の幅がちがいます。人生の価値観はときめきの数、度合いで決まると言っても過言でないと思います。

あなたがいたから僕の人生があった。これに尽きると思います。この広い世界、あなたがいれば十分なのです。あなたがいれば僕の人生は十分なのです。

機械化が進むにつれて人の手が

今の時代は先を読むのが難しくなっています。人の行動パターンは読めても、人の仕事のパターンまでは読めなくなっています。戦争のない時代が何十年も続いて、物があふれる現在、工場に仕事がないのが現状です。

仕事のない現在、社会の規律をどう守ればいいのか、まだ議論がでていません。出てからでは遅いと思います。派遣法自体訳の分からない法律ですが、改正して国際化に遅れをとらないように、との議論があって決まったものです。それが正しかったのでしょうか。悪かったとはっきり言う人は実はたくさんいます。先輩政治家の決断ですから、悪いと言いにくいのでしょう。

悪い者は悪いとはっきり言える政治家を望みます。はっきりそう言える政治家は、政治家になっていないと思います。はっきり言わないで、グレーゾーンで幕をしめる。ありきたりの方法で幕をしめる。これが政治家のやりかたです。少しでも間違えばマスコミの標的です。

よほどの信念と確信がなければ新しいことはできません。これで日本の政治はいいのでしょうか。機械化と同じく流れに任せる、新しいことに耳を傾けない政治、であってはいけないと思います。

心に期するもの

あなたは心に期するものがありますか。あなたの生涯において大事なものを忘れていませんか。スキーをうまくなってみたい。とかあの賞を絶対にとってやるとか、自分自身のこだわりのため頑張ります。

こだわりを持つということはある意味でいいことですね。こだわりがあるから頑張れたとか、こだわりがあるから今の自分がある。心に期するものがあるということは、人生のバネになり力になります。

もしこだわりとか心に期するものがなければ、平穏無事な生活が待っていたのかもしれない。いや他の期するものが現れたかもしれない。厄介だが必要なものかもしれない。誰しもこだわりなど持ちたくない。

こだわりのない心に期するものがない、平穏無事な世界に自分自身をおき、やすらぎの世界に身をゆだねたい。

ヒステリックになる

彼女はヒステリックになり、急に笑い出した。私が何か面白いことを言いましたか。いいえその逆です。気にさわることを言ったのです。

私が他の女の子に興味のあるような、意味深なことを言ったのです。怒ることを笑いに変えたのです。別に私はあなたのことなど鼻にもかけていませんわ、と笑ったのです。楽しくて笑う普通、悲しくて笑うのは笑いでごまかす笑い、ヒステリックな笑いは完全に逃避の笑いです。

現実にあってはならないこと、私は彼女に言ってしまったのです。どうしたらいいのでしょうか。怒らせてしまった彼女は、今何を言っても聞く耳を持ちません。私は非常に過酷な状態に直面してしまいました。

この状態の対処法はできるだけ穏便に彼女から距離を置くことです。明日にでもまたは二、三日後に彼女からの誘いの連絡があるでしょう。なかったら潔くあきらめましょう。

天然でいられる訳

これは社会保障が整った社会を意味します。生まれつきの体を肯定する社会でありたい。恵まれない体を持った人にそう思わせない社会が必要なのです。

身障者に身障者と思わせない社会、これが真の福祉社会だと思います。身障者も健常者も普通にやれる社会、この望みこそ真の福祉国家の始まりだと思います。

天然ボケ、天然の身障者、それをわからせない福祉が真の福祉なのです。天然ボケ、身障者と思われないような行為が真の福祉なのです。年齢その他の障害をわからせないのが真の福祉なのだと思います。

天然でいられる身障者を、多くつくるのが本当の福祉だと思います。天然でいられる訳、それは本当の福祉国家だからです。自然体でいられる身障者、これが真の福祉国家であり、それを感じさせない国でありたい。

君には君の夢がある

私の夢がかなった時、君の夢もかなう。こうありたいが、ひとりひとり夢が異なるのが普通です。

夢があるから頑張れた。夢に向かって一歩前進とか、目標を持つことは非常にいいことです。人生に張りが出てきます。大きな夢、小さな夢、いろんな夢、夢の数だけ楽しみがあります。

あまり大きな夢は押しつぶされて、重圧になるからある程度抑えたらと言う人もいます。夢だから大きくても小さくても、かまわないと思います。大事なことは夢を持って頑張ることです。

バラ色の人生は、夢を持って努力、頑張った人に訪れるのです。あなたの夢はなんですか。夢って実現するんです。

美味しく食べて

美味しく食べて血となり、肉となり今の自分があるのです。いろいろな食材に感謝、料理してくれた人に感謝、お父さんお母さんに感謝です。

食べ物は美味しく食べて血となり肉となります。いやいや食べるとどうなるのですか。やはり美味しいと思って食べないと、血となり肉となりはしないと思います。いつもその食べ物に感謝です。

美味しく食べてなんぼの世界だと思います。美味しくないものには大切なお金は出したくないと思います。叔父さん、叔母さんのご健勝をお祈りして、美味しく食べるための挨拶をして頂きます。

人生美味しく食べてなんぼの世界だと思います。価値観が食にあらざる人は他の答えが返ってくるでしょう。でも美味しく食べて長生きを、誰でも願う一言です。

昇る朝日に清められて

私は宵っ張りで朝は弱いのですが、やはり朝日は後光が射しているようで、すがすがしい気持ちになります。

朝日に手を合わせ、今日も一日無事でありますようにと、手を合わせたくなります。やはり朝日の力です。そこに居る者を圧倒します。朝日に向かうと力がみなぎり、今日も一日頑張るぞーと思います。

昇る朝日に清められて、今日の一日の無事を信じて仕事に入ります。やはり晴れの日はいいなと思います。曇っていると気持ちも湿りがちです。まして雨の日はやるせない思いで、仕事も休もうかと思ってしまいます。

人の気持ちは天気に左右されるのですね。天気に左右されない強い心を持ちたいと思いますが、人は自然一体、やはり天気に左右されるのは仕方のないことで、晴れの日にお洗濯、雨の日に読書と決まっているようです。

歯がゆい思い2

歯がゆい思い、自分ではどうすることもできない思いを体感したことがありますか。誰しもがその場にいるのが恥ずかしいと思うようなことです。

卑近な例で言えば自分自身、または身内が葬儀の際、弔辞がうまく言えなかった。人前で話すことに慣れている人には何のことないでしょう。それが人前で話すことがない、技術系または工場で働く人には難題です。

これはひとつの例ですが、他にも予習してきて手を挙げて答えようとしても指してもらえず、他のことで指され恥をかいた思い出話など、数えてはきりがありません。

歯がゆい思い、だれもひとつか、ふたつありますが、一度通ると次は簡単なことが多いのです。この次がないような時、歯がゆい思いが待っているのです。ですから歯がゆいと言うのです。

働く場所がなくては

昔なら馬鹿なこと言うなと、一喝でした。今は本当に職のない時代なのです。自分の息子にさえ、へたなことは言えません。頑張ってできないのがわかっているので、追い打ちをかけるような言葉はいえません。

働く気力があっても仕事がない。とても歯がゆい思いだと察します。本人もそうかもしれませんが、親御さんも苦労して学校に行かせて挙句の果てに仕事がない。泣くに泣けない現象です。

このはかなさを誰にぶっつけていいのでしょうか。生まれてきた時代が悪いと、ただ単にあきらめるのが一番いいのでしょうか。なすべき手段はないのでしょうか。心がくじけそうになります。

誰かが言っていました。人生惨《みじ》めなのは、する仕事のないことです。誰が悪いのではないが惨めです。

夢のある町

これは平和な町を意味します。若者に夢がなければ生きていけません。夢と、希望を持って将来があるのです。

大きくなったら何になる。いろいろな返事が返ってくる。そうでなければいけないのですが、夢のない返事が子供から返ってくる。やるせない思いです。この世の中どうなっちゃうのか心配です。

朝起きてレールの敷いてある道を行く。六十歳過ぎた人なら少しは理解できるのですが、六十前にして夢のない人生、可哀想すぎます。人生に夢を、生涯現役でという社会でありたい。夢多き人生、これが生きていることです。

夢につぶされることは、夢を持ったことのある人しかわかりません。夢破れ野垂れ死にしても、夢を持って行動した人は顔が違います。しわも違います。深みが違います。

弱音を言いたくないのですが足腰が痛く歩くのがやっとです

弱音は吐きたくありませんが、足腰が弱って歩くのがやっとなのです。こういう声を聞くと、すぐに自分に置き換えてしまいます。いつわが身がそうなるか心配です。

人の振り見てわが身を直せ、こういうことで散歩したり、ストレッチをしたりして気を付けています。痛いの、かゆいのは自分持ちとよく親に言われました。変わってやれないという意味です。返す言葉がないので、痛くならないように、かゆくならないように気を付けています。

人の寿命は六十まで、還暦を過ぎると余りの人生、余りの人生でも快適に過ごしたい。そのためにも、食生活の管理、運動、ストレッチと体をいたわりながら、百歳以上の人生を楽しもうと欲張っています。

先が詰まっているからなどと嫌みを言われても叱咤激励と思い、若いもんに世話をかけず、残りの四十年以上を元気に生きようと思って頑張ります。

還暦を過ぎると

人生の節目です。昔は還暦を過ぎれば老後でした。しかし今現在六十歳過ぎても老後というわけにはいきません。年金の支給が遅くなり、蓄えがなければ老後の生活などできません。

人の体というものは還暦までもつように出来ていて、それ以降は保証書の切れた電化製品のようなもので、たまに保証書の切れる前でも動かなくなることもよくあります。ケアが大事ですね。大事に使えば百年以上もつ人もいるようです。

変な物にたとえてすみませんが、わかりやすく説明するため用いました。食事、運動、心のよりどころなどで人の寿命がかわります。長生きしなくてもいいと強がりを言う人も、あと数カ月の命と言われるとがっくりくるようです。

還暦前後は時が過ぎるのが早く、体のことを気にしていられない人が多いようです。だからこそ、自分自身のケアが必要なのです。気づいた時には遅かったということがないように、くれぐれもお体に気を付けて長い人生を楽しんでください。

箸の上げ下げから躾けられて

裕福な家庭に生まれてきたわけではありません。おかずの良しあしはありますが、三度の食事はありました。このことを踏まえれば良き父母に恵まれたと思わざるをえません。

他になにかしてもらったことはないのですが、ひもじい思いはしたことがありません。無知な親の元に育ち、将来の方向づけも教えてもらえなかった。しかし生きるためのさまざまなことを教えてくれた。農業のことである。誰でもが知っていると思われがちだが、農業の方法を知らない人は多いのです。

春には大根、なす、きゅうりの種をまき、秋には大根、ホウレンソウの種をまく。この当たり前の行為も、知らなければ新鮮な行為なのである。農家に生まれれば当たり前の行為であるが、初めての人には新鮮なことなのです。

箸の上げ下げから躾《しつ》けられ、傍で見るとうらやましいばかりです。基本は小さい子どもの時からです。大人になってから直すのは大変です。でも直すべきところは、直さなくてはならないのです。

嫌われ口を聞く人

常に嫌われ口を聞く人がいます。いつも面白くないことで頭がいっぱいなのでしょうか。それとも嫌われ口を聞くように性格が曲がっているのですか。

多分嫌われ口を聞く人は、性格が曲がったのではなく、大部分は間違ったことを指摘することに喜びを見つけているのだと思います。私の感受性では考えられないのですが、人の粗《あら》を探すのが好きな人もいるようです。

人の粗を見つけて、アドバイスをしてやったと得意げに言っていました。どういう頭の構造をしているのかなと思いましたが、十人十色です。人には人の見方がありま す。人の粗を探すのが、好きな人もいることを忘れないようにしてください。

私には理解しにくいのですが、人の粗を探し、嫌われ口を言うのが、この上ない喜びと思っている人もいるようです。くれぐれも標的にならないように、気を付けてください。

持つべきでないこだわりを持つ

家柄の良い家に生まれる。これはいいことですが、逆に育ちが悪く人に隠すような家柄な人は、隠すしか手段がありません。

家柄のよい人も、それに負けないような仕事に就くというような、重圧にさいなまれます。どちらにしても、人は生まれながらにして、生きる道が決められていて、それを外れると周りからなんのかんのと言われる、運命とも言える道をあゆむのです。

運命を持つ人はそれでいて、それから逃れるのも至って自由という感じがします。逆に育ちの悪い人は一匹オオカミ、アウトローとして生きれば何のことはないのですが、それができずに運命を引きずってしまうのです。

持つべきこだわりを持って頑張ればそれでいいのですが、頑張れない人は、どうしたらいいのでしょうか。そう言われても人生頑張るしかない。この答えしか返せません。

名前を忘れた友達がいた

「野口さんという人が入院しているわけですが、そういう人は入院していません。おととい入院したのですが、ちょっと待ってください。野茎《のぐき》さんという方なら入院しましたが。七十ぐらいの大柄な方ですか」

親友と思っていた人の名前もよく覚えていなくて、恥ずかしいの一言です。毎晩のように飲みに歩いて、飲みつぶれると野口さんでなく、野茎さんがおんぶして寝かせてくれました。毎晩のようです。いやな顔一つせず。私が陽気に飲んでいるのを横目で見るのが好きなようでした。

何度となく酔いつぶれるのが悪いと思い、これ以上は飲めないと言うと、いいから気にせず飲めの一言です。野茎さんは私と一緒に飲むというより、私の飲んでいる姿を見ているのが好きみたいでした。野茎さんは大きくて力持ちで、私の言うことを何でも聞いてくれる、大男でした。

一緒に飲んでいる隣の席に座った人で、アパートがたまたま隣だったのです。その後十年以上の飲み友達です。いつも一緒で人は凸凹《でこぼこ》コンビと言っていました。主従関係は全くないのですが、私といるのが好きみたいでいつも一緒でした。生まれながらに馬が合うという感じの仲でした。

食事の早い人は仕事も早い

早食いは健康に良くないのですが、仕事の早い人が多いようです。仕事のできる人は食べるのも人一倍のような気がします。

早くよく食べる人が仕事のできる人、こんなイメージを持ってしまいました。ふだんゆっくり食べる人も仕事の時は食べるが早かったのを覚えています。その人は仕事の時以外はゆっくりと食べる習慣があるようですが、仕事の合間の昼休みランチを食べる姿を見て驚きました。

その人はよく仕事が忙しいと言いつつ、いつもゆっくり食事をしていました。食事が早いというイメージはさらさらありませんでしたが、仕事合間の昼食の姿を見ると食事を咬《か》み咬み仕事をしていると言うにふさわしい光景でした。

いつも仕事が忙しいと言っていたのがわかります。忙しい仕事というのは食べている時間もないのが一般的です。ちゃんと食事時間を作ったほうがよいのはわかっていますが、できないほど忙しいのです。

毎日一人で寂しい思いをしています

あなたと別れてから、毎日一人で寂しい思いをしています。こうなることがわかっていた恋ですが、いざこの状況になると受け入れ難いものがあります。

人は失恋の数だけ大きくなると言いますが、年老いた現在酷としか言いようがありません。一人静かに死んでいくと思うと、言いようもない寂しさにかられます。失恋も寂しいが、老いるということも寂しいものがあります。

それが失恋と老い、ダブルパンチだとなおさらです。生きていくのもつらい日々ですが、この寂しい思いを払拭するにはやはり恋ですね。人間めげてはいけません。一人でいるから寂しいのです。手と手を取り会えば、この世の楽園に変わります。いくつになっても恋は恋です。

人は一人では生きられない、人という字はつっかえ棒が必要なのです。人は一人では生きていけないのです。毎日一人で寂しい思い、寂しさに負けないことは、一人でいないということです。一人だと寂しさに負けてしまいます。

毎日が休みだと休みがないのです

このことは失業中のあなたがよくわかっています。休みというのは毎日働いている皆さんにあって、失業中の私たちにはないのです。

朝起きると失業中の私は、今日何しようかなと思い考え、何もしないで終わることの多いことがよくあります。働いていた時は休みにはあれこれしようと思い楽しみでした。また何もできなくても体が休めたと思い、充実感がありました。

毎日が休みだと休みがない、それが実感としてわかります。誰かが言っていました。世の中で惨めなのはする仕事のないことです。身にしみてわかります。惨めなことです。でも毎日あくせく働いている私たちは休みが欲しい。一日だけでなく、一か月ぐらい休みたいと思いつつ帰って来たら机がない、そんな焦燥感にさいなまれ休めません。

貧乏性で、働き蜂の習慣が抜けないのですね。もう少しゆとりを持って働きたいと思っても代わりはいくらでもいる時代、ゆっくり休む暇などありません。定年退職したらゆっくり休もうと思って、あちこち行きたいと思っても、今度は体力がないのが実状です。

仕事の後の一杯が楽しみで

夢も希望をなくしたわけではないのですが、仕事の後の一杯が楽しみになってきました。たかが一杯でも楽しみになれば幸いです。

仕事の後の一杯が楽しみなんて、やはり年になったのでしょう。でも飲むことでも楽しみは楽しみです。楽しみは生き甲斐のひとつです。楽しみがあるということはいいことです。飲んでばかりと言われても、人に迷惑をかけなければいいと思います。

酒は百薬の長と言われますが、また別名気違い水とも言われます。楽しく飲めばアル中にならないと聞きます。医学的根拠はないにしても、酒は楽しく飲むべきものです。そうでないとお酒に申し訳ありません。

退社時間が間近になると、喉がうずく、酒飲みには待ちどおしい時間です。大人気ないと言えばそれまでですが、大人の楽しみです。この時が童心に帰るひと時なのです。

奥歯にものがはさまったような

奥歯にものがはさまったような言い方はやめてください。ではっきり言いましょう。君は明日から来なくていい。つまりクビです。頭の中が真っ白でどうしたらいいかわかりません。明日からの生活を考えてしまいます。

五十を過ぎてからのリストラには非常に厳しいものがあります。次の就職先がないのが普通の現在です。かつての引く手あまたの世界は過去のことです。また職にありつけたとしても、新入社員より安い、アルバイト程度の仕事しかありません。

もうすぐ定年を迎える前に退職、もう一度気力を出して新しい職場にチャレンジです。簡単に頭の切り替えができる人はどのくらいいますか、否応なしにチャレンジしなければいけないのです。

昔のような終身雇用の時代は終わったのです。誰しもリストラの通告などしたくはありません。会社も生き残りをかけて必死なのです。毎日めまぐるしい現在、息をつく暇もないぐらいです。

同類相哀れむ

あまり好きな言葉ではありませんが、お友達のことですね。いいえあなたのことでもあるのです。一緒に非を認めて慰め会うことですね。

前向きの私には好きな言葉でなく、どこかに葬りたくなる言葉です。相哀れむなどと言わずに頑張りなさい、と言いたいのです。でも心の傷は一人でなく同じような者、二人だと共感できるものがあります。

相哀れむ、そして次へのステップになればいいのですが、哀れみが増長され悲惨なことにならなければいいのですが、人の真価は大変な時こそ表れるもので、逃げたくなる心境を乗り越えてこそ男が上がるのです。

人生負けてばかりで嫌になってしまいます。そう言うあなたは、常にと言っていいくらい負けの人生を選択しているのです。常に勝ち組は一握りでその他は、負け組なのです。

足を引きずる思い

以前自営業をしていた時、集金に行き手ぶらで帰ってきた時、足の引きずる思いでした。集金がままならなければ金策に走り回らなければならないのです。雲泥《うんでい》の差です。

この時から私の格言、お金は常に持っていなくてはいけない、とつくづく思いました。お金は神士にも、泥棒にもします。お金は魔物です。お金があっても苦労が絶えないと人は言います。お金のある所に人が集まり、分け前にあずかるために、人がいろいろな方法で言いよります。これに対応するには貧乏人になるしかありません。冗談です。金のある苦労をしてみたいものです。

お金のために足を引きずる思いをした人は、お金を憎いと思い、お金持ちになってみせると思いましたが、大多数の人は、この願いが達成せずに終わるのです。お金はいくらあっても重荷になりません。貧乏からの脱出は誰しもが願ってやみません。

誰しもが足を引きずる思いはしたくありません。想定外のことは非常に疲れます。人は計画的に行動して、それが外れると軌道修正に時間がかかり、一生を軌道修正に費やす人も少なくありません。

捨てる神あらば拾う神あり

私は彼女に捨てられました。捨てる人がいても拾う人はいません。捨てる神あらば拾う神あり。誰か私を拾ってください。

誰も拾ってくれないと嘆いていると、友達に言われました。嘆いてばかりだと、次の彼女も出来ません。身だしなみを綺麗にして、待たなければ次に進みません。そう言われ身だしなみをちゃんとして、気持ちを新たにして待てば、拾う神がいるではありませんか。

六十近くなりこの年では、新しい彼女を探すのは難しいと思っていました。でも拾う神がいて安心しました。いくつになっても男と女、恋焦がれて待つのはお互い様です。いくつになっても恋は恋です。

捨てる神あらば拾う神ありという言葉は、違う時に使う言葉ですね。でも拾ってもらい大変嬉しく思っています。捨てるなんてもったいない。でも拾う人がいてつり合いがとれています。

聞く耳を持つ

いくつになっても聞く耳を持たないと、人に相手をしてもらえません。人の話はよく聞くものです。人は話を聞くよりも話をしたがるのです。何かを聞いてもらいたいのです。

よく話のできる人は、よく話の聞く人です。聞き上手は、話し上手でもあるのです。聞く耳を持つ人は新しい情報が入ってきて、話の幅も出来てきて、友達も出来てきます。ほとんどのことは聞くことから始まるのです。

聞く耳を持たない人は、頑固爺とか強情っぱりなどと言われ、世間から白い目で見られがちです。そして世間が狭くなります。友達も少なくなり、寂しい日々を送ることが多くなります。

やはり話というものは聞くべきです。始まりの一歩は聞くことから始まると思います。聞き上手が話上手でもあるのです。しっかりと聞く耳を持って相手の話に耳を傾けましょう。何かいいことが聞けるかもしれません。

毎日の晩酌が美味しくて

最初は水割り一杯でしたが、最近二、三杯に増えています。このままだ糖尿病とかアル中が心配です。

大好きな晩酌なので、体調を崩して飲めなくなる前に、自制しようと思っています。週に一度の休肝日を設けたり、飲む量を控えたりして、体調に気を遣っています。太く短くでなく、細く長く生きたいと思うので、食生活や、適度の運動などで、体調管理を心がけたいと思います。

お酒を飲まない人にはわからないと思いますが、夕方になると一杯が楽しみなのです。まるで子供のようです。お酒を飲むということは、子供の時おいしい物を食べたような、感激に似たような物があります。お酒を飲む時は童心に帰るから、飲み友達は子供の時の友達のような気がします。

お酒は楽しく飲むものです。飲んでクダを巻くようなお酒では、お酒に対して失礼だと思います。お酒は楽しく節度を持って飲むものです。

秋の夜長のひとり寝は寂しいです

仕事から帰ってきても誰も出迎えてくれません。これから長い夜が待っています。何をするのでなく、食欲の秋で養った体力をもてあましています。満月の夜にうなりたい気分です。危ない人物ですね。

理性で性欲を制止、運動の秋で欲求不満を閉じ込め、真面目に仕事にいそしむ毎日です。だんだん寒くなる秋は、日に日に物寂しくなります。夜に押しつぶされそうになることもしばしばです。

勇気を持って良き伴侶を求め町の中へ、でも始めの一歩が出ません。声をかけるのにためらいが生じてしまいます。良き伴侶を得るほどの収入を得ていないからです。そこでためらいが出てしまいます。貧富の格差が、動物的な自分自身を理性が抑え、何もできません。

少ないお金でも十分幸せになれますが、人は目に見える収入が大事で、それに見合った収入がないと相手にしてもらえません。ある程度、年が行くとそれなりの収入がない人とは一緒になる気がしません。それが偽らざる気持ちだと思います。

男は女のために頑張りたい

誰しもが思うことで、取り立てて言うことではないと思いますが、あえてもう一度言わせて下さい。男は女のために、家族のために頑張りたいと常日ごろから思っています。

家庭を持ち、家族を持ち頑張る力を得たいのですが、最近女の人が自立して結婚しない女が増えています。男が男として役に立たない時代になってきたのです。この時代に逆らってか、今までの時代に乗って結婚することは勇気のいることなのです。

定年までの雇用制度が崩れ、ついに仕事にあぶれる時代が来たのです。そういう時代に結婚に踏み切るのは少しだけ勇気が必要です。まして派遣社員では霞が関のビルから飛び降りるというような勇気が必要です。

そういう中、定職にありつけない人たちでも、男女の恋は恋、結婚に行きつくカップルは多いのです。理屈ではありません。形を決めて結婚という形にこだわると、機会を逃してしまいます。国家的目線からは、やはり結婚は早めにというのが本音です。

三度の挑戦で失敗しても

人生には小学校、中学校、高等学校の三大チャレンジが待っています。そこで失敗しても、大学とかいろいろのチャレンジがありますが、やはり成長過程のこの三大チャレンジが大きくものを言うと思います。

家庭内の生活を離れ小学校に入学して初めて親元を離れるのです。よく何人友達出来るかなと言い、楽しい小学校生活が待っているように、世間一般は言います。小学校に上がるお子さんも楽しいことがいっぱいと思い胸を膨らませ、期待いっぱいで不安はほんの少しだけだと思います。

小学校生活がいじめ等で楽しく送れなかった子は中学校、高等学校に期待をするのです。リベンジです。だいたいの子供はリベンジに成功して楽しい学校生活を送ることができるのです。

学校生活が楽しく送れないというのは、成長過程において極めて重要な意味を持つのです。この時期において楽しい生活ができないと、ひねくれた人になりやすいのです。人間形成の時期に楽しく遊べなかった。これは人生の暗い過去で、これを払拭《ふっしょく》するのは大変なことです。楽しい時は楽しくありたい。

就職は転機です

小・中・高等学校と暗い学生生活を送った方にはまさに転機です。就職または大学への入学などはまさに転機です。暗い過去への払拭には一番です。

まさに門出であり転機です。これにつまずくと立て直しが難しくなります。今までの不幸が一掃される人もいるでしょう。またその逆の人もいることだと思います。人の生きる糧《かて》は仕事です。まさに正念場です。

就職を期にして頑張ることは非常にいいことです。仕事というものは頑張っただけ成果が表れることが多いのです。頑張った成果が目に見えることは非常に嬉しいことです。人は他人に見てもらいたくて、また身内にはもっと見てもらいたくて頑張るのです。成果が見えることは何より嬉しいことです。

人は頑張れる所を探し、そして頑張れる所を見つけ頑張るのです。頑張れる就職先が見つかった人はそれだけでも幸せです。頑張ってください。

いつも強気の私であるが心の折れる時がある

いつも強気の私は他人から見ると弱点のない人に見えるようです。じつは自分自身は欠点だらけの軟弱者と思い劣等感で悩まされています。いつもの元気あふれる行動は自分自身の発奮材です。

人に弱みを見せない、ただそのことだけを頭の片隅に置いていたので、いつも元気で悩みなどない人と思われていますが、いつも私の心の中はガラス細工のようなものですぐにでも壊れそうです。

いつも心折れそうな私は自分自身に喝を入れて頑張っているのです。人は元気そうな私を見ていつも元気でいいですねと言います。これが私のセールスポイントになっているので元気な姿しか見せられません。

こんな私ですので人知れないところで落ち込んでいると、それを見た友人は単に疲れたのかと少しだけ気遣ってくれますが、疲れているのだろうと思っただけで、いつもそれで終わりです。弱音は見せたくないのでいつものように私はカラ元気で頑張っています。

蓼《たで》食う虫も好きずき

世の中は人それぞれ好みが違うことが、功を奏していると思います。人の好みも一緒でないのが幸いです。好みが一緒なら取りあいで大変でしょう。私の好みはあの人であなたの好みと違います。

人に好みがあるということは少しの救いと思います。少しの救いと言ったのは、やはり綺麗な人にひとが集中するのが普通の現象です。男はともかく女の子は可愛く生まれなくては、生まれながらハンディキャップを持ったようなものです。

そう言ってはみたものの、美人の店員の多い店も、それほど繁盛していません。自分の彼女でなければ、美人かどうかはあまり関係ないようです。でも感じの良い人は客商売に向いていて、美人でも感じの悪い人は不向きなのです。

蓼食う虫も好きずきと言いますが、好かれないと話になりません。話題になる人生を歩んでください。生まれながらの美貌は変えられなくても、会話、雰囲気だけでも明るくしてください、あなたの美貌が倍にアップされます。

主観を入れず物事を客観的に見る

これができれば裁判官以上です。人の上に立つにはどうしたらいいでしょうかと、聞かれました。答えは簡単です。私利私欲を入れず淡々とこなすことです。私利私欲が入る時は自分で判断せずに、他人にお願いをするのです。

主観が入らなければ判断に迷いません。我田引水するべからず。そういう状況になった場合は辞退するのです。誰しもがその辞退は納得してもらえます。物事を客観的に見るには第三者しか相談を含め判定をしてはいけないのです。

好きな人には甘くなる。誰しもが言えることです。やるべきことと、してはいけないことの区別は、諸規定を読まなくてもわかるような人物を配置しているわけです。今の時代は、常識も学ばなければわからない、寂しい時代になりつつあります。

善良なる第三者が少なくなっている時代、裁判制度にも裁判員制度が必要になっているのでしょう。裁判官自体主観を入れず物事を客観的に見られる、そういう裁判官が少なくなっていることも配慮してこの制度が復活したのでしょう。

曲がった根性を立て直す

人の性格は小学校に上がる前に、ほぼ完成されると聞きます。その後の性格はよほど注意して直さないと直りません。

人の物を欲しがったり、暴力的行為は直さないと社会でやっていけません。親の傘下で自然と学びとるものを、機会を逃し大きくなってからだと、初めの一歩から学ばなければならないのです。そうしないと、欲しいという欲求を暴力的手段でも手に入れるという動物的本能が先に出るのです。

我慢とか、理性とかを教えなければいけないのです。人はパンのみに生きるものにあらず。やはりパンが必要なのです。我慢、理性と並行してパンの得る方法も教えなければ、何の意味もないのです。

悪への道は広くたやすい。しかし善良な人々はそれを許さない。善良な道はアリとキリギリスのようで、善良な市民はアリさんのようです。地味で派手さがなく、やるせない思いがしますが、これもまた小市民はその中に活路を見出し、楽しんでいるのです。

体力が落ちたことに気を遣い

六十近くなり体力の落ちたことを痛感します。しかし六十近くなり水泳で五百メートルを泳ぎきるという、自己ベストを更新する人もいます。

大部分の人は体力が落ちて怪我や骨折に気を遣います。年の数だけ治りが遅い、またもとのように治らないケースがあります。年齢と向き合い生活をしなければならないくなってきたのです。老いが忍び寄ってきたのです。

これからは予防の医学です。病気にならないために通院する。五十過ぎたら当たり前のことです。六十も七十も単なる通過点でありたい。無理をしたり不摂生をすると、そのつけはあなたに返ってきます。

体力の落ちたことに気が付いたら、自分の体を知り自分自身をケアすることが一番です。痛いのと自分の命は自分で守るものです。死ぬまで元気で、老衰になるまで寿命をまっとうしたいものです。

味わい深いお酒です

美酒に酔う、お酒は常に味わい深いお酒でありたい。美味しくお酒を飲まないと、お酒に対して失礼になると思います。

お酒は常に、味わい深く人の心を慰めるものでありたい。やけ酒や、ふて腐れて飲む酒は、お酒に対して失礼にあたると思います。お酒は常に楽しく飲むものです。仕事の後の一杯がとても美味しい。

お酒を酌み交わす。ただそれだけで十年来の友達と同じくらいに一緒になれるのも、お酒のマジックです。私の心は常にお酒と一緒です、などと言うお馬鹿さんもいるくらいです。お酒と共に生きる。そうならなくてもお酒はあなたの人生の右足、左足として千鳥足になっているのです。

またお酒は気違い水とも言われ、飲む人をあざけ笑っていました。お酒を飲んでもお酒に飲まれてはいけません。お酒は常に楽しく飲むものです。

明るく振る舞っていないと惨めになるので明るく振る舞っています

無理して明るく振る舞う、けなげなことです。これに応えられるような世の中でありたい。それができないような世の中では、存在価値がなくその政権も長いことないと思いますが、それに代わる政権がなければ国民は苦しむだけです。

明るく振る舞い、せめて家庭内を明るく、と思いつつ、明るく振る舞っているのが痛いほどわかります。それに応えられる政治でありたい。富める人の政治から貧しい人のための政治、底辺の人たちに優しい政治をお願いしたいと思います。

しかしながら、政治は富める人のための政治になりがちです。富を生む政治は富める人の政治だからです。でも時々の見直しで貧しい人に目を向けることを忘れてはいけません。ネズミではありませんが、窮鼠猫《きゅうそ》を咬む。こういうことになりかねないのです。

ずいぶん悪い例を言ってしまいましたが、人が人たる道、誰もが平等という考えを持ちながら、資本主義の道を歩まないと、行き過ぎた驕《おご》りはあなたの足元をすくいます。惨めになっても明るく振る舞う、あなたはできますか？

明るく振る舞います

明るく振る舞わなくてもと思いますが、やはり挨拶は明るく、という基本ができています。朝の始めの一歩はおはようございます。この一言からはじまります。朝会社に出社したくない時がよくあります。こんな時は身を振るわせてやる気を出してひたすら頑張ります。休んで家にぼうっとしているのも何なので、よけいに出勤してしまいます。仕事でいろんな人に顔を合わせて話をする。独り者の自分にはこれがビタミン剤になり健康を保っていると思います。

明るく振る舞うことは、自分だけでなく相手も明るくする相乗効果をもたらします。いいことだらけで悪いことが見当たりません。ほんのちょっとあなたが明るく振る舞っただけで、あなたの周りの人が明るくなるのです。

あなたの笑顔が潤滑材になるのです。ビタミン剤などいりません。笑顔があれば勇気百倍疲れも吹き飛ぶものです。たまには疲れたり嫌なことがあったりして、笑顔を見せられない時もあるでしょう。でもあなたの笑顔を期待している人がいます。心で泣いても顔で笑って見せてください。

無視されるのが許せないのです

何が許せない、それは無視されることです。人のことを気にしない大らかな人になりたいと思いますが、なかなかできません。

私は心の狭い依怙地《いこじ》な人間なんです。人が楽しそうに話していると輪の中に入って行きできれば自分の話題とすり替えたいと思っているのです。こういう私ですから無視されるのが一番許せないのです。

こんな私ですが結構協調性があります。何せ人の輪に入ることが大好きだから、いろんな役員もできる限り受けています。目立ちたがり屋の性格です。人に嫌われてもこの性格は変わりません。

こんな私ですから無視されるのが一番許せないのです。どうか皆さんこんな私を無視しないでください。人の輪に入り、生き生きしていることが生き甲斐なのです。無視されるなんて許せないのです。

人は足元からさらわれる

よく耳にする言葉です。足元をすくわれたなどという言葉です。なぜお膝元の足元をすくわれたのですか、あなた自身一番信用できる人では、と言いたいのですが、どこで歯車がずれたのですか。

あなたが信用していた人に裏切られたということですね。あなたに信用がなかったということで諦めてください。これがすべてです。あなたは部下への思いやりがありましたか。それなりの、またはそれ以上の報酬を出していましたか。

ただ単にお金だけではありません、困ったときの相談やその他いろいろの人間関係の構築に費やしましたか、あなたは親身になって考えましたか。困ったときはお互い様、今あなたが困っていても誰も助けてくれないのは因果応酬です。

あなたの蒔いた種はあなたが刈り取るのです。種を蒔いていなければ刈り取れません。あなたの人生はあなたが刈り取るのです。「あなたが刈り取る」のに助太刀が必要でしょうか？　それはあなた自身に聞いてみてください。

適度のアホが必要です

忙しいこの世の中、いつもシャキッとしていることは疲れます。自然体でごく自然体で、家庭でいるように振る舞うことは禁物なのでしょうか。その人の感性によると思いますが、常に自然体で振る舞うことを生活の基本にしたいです。

その人の育った環境などで自然体が様《さま》にならない人がいます。持って生まれた品性でしょうか、直せるものなら常に品性のある振る舞いができるようになりたい。よく世間で言う氏育ちの良い人と言われてみたい。

生まれが生まれだからといって諦めていませんか。その人の気の持ちようや、いつもの振る舞いで育ちの良い人より品のある振る舞いができる人がいます。どこにどういう差があるのでしょう。適度のアホが様になっているのです。うらやましい次第です。

その違いは前向きな心の良さの違いです。性格は品性に出るのです。氏育ちというよりその人がどういう人生を歩んできたかが問題なのです。しっかり生きてきた人は適度のアホ差加減が様になるのです。

綺麗な人には言い寄る人が多く

綺麗な人には言い寄る人が多く自分を守るのが大変です。美人に生まれなくて良かったとつくづく思います。

私のお友達ですが、人が羨むぐらい美人なんです。そのお友達が悩んでいます。その美貌ゆえに言い寄られることが多く、この間は怖そうなおじさんに言い寄られ困っていました。真剣な悩みです。

美人に隙がないのはこういうことだったのです。油断をすると大変なのです。美人はつんとして脇目も振らず、冷たい感じで好きではない、と言う人が多いのです。でも、美しい人はこうすることにより自分を守っているのです。

私は守ることがないので少し寂しい気がしますが、何も気にせず人の輪に入って行けて嬉しく思います。美人に生まれて来た災難を知ることなく人生を送ることができそうです。でも私だって華やかな人生を送りたいです。やはり夢でしょうか。

目の前にいる人を大事にすること、これが基本です

つい人は隣にいる人を忘れそうになります。人の行動の基本は目の前にいる人を大事にすることです。

旦那さんは奥さんを大事にする。そしてお友達を大事にする。この基本ができれば大切なお客様のもてなしもスムーズにいくのです。人のおもてなしや人前での行動は目の前にいる人を大事にすることです。

いつも顔を合わせている人はないがしろになりがちです。特に特別のお客様の前ですと身内や友達がないがしろになりがちです。特別なお客様でも少しだけ余計に気遣いをして過大な気遣いは無用だと思います。

目の前にいる人を気遣う、その気持ちがおもてなしの心だと思います。とってつけたようなおもてなしを好む人は少ないと思いますし、傍で見ていても歯が浮くような様になっていないようです。

難しい人は嫌われます

私自身嫌われないように、返事は二つ返事でするように心掛けています。そう言っても年と共にこだわりが多くなり、頑固おやじになりつつあります。良いこだわりであればいいのですが、単なる理屈っぽいこだわりでは納得いきません。次元の高いこだわりであって欲しいのです。次元の高いこだわりってどういうものですか。次元の高いこだわりとか、次元の低いこだわりがあるのですか。次元の低いこだわりはわかりそうな気がします。なくてもいいようなものですね。次元の高いこだわりが良くわかりません。次元の高いこだわりはもともと人に見せず内に秘めたもので、人には見せないものだと思います。

こだわりなど人には見せず、難しく考えないで気安く接するのが一番だと思います。難しい人は嫌われます。年と共にこだわりを持つ、これは単に依怙地になっていくことだと思います。難しい人は嫌われるのです。

価値観の違いを克服する

結婚とは好いて好かれてするものであるが、その継続には価値観の相違が左右される。価値観が合うということは大きな意味があるのです。価値観が合うということは空気と水のようなもので、これが合うと生きることが簡単なのです。

空気と水が悪いと住みにくいのです。価値観が合わないといづらくなるのです。会話が合う、雰囲気が合う、近くにいても違和感がない、思想や考え方が合う、大事なことです。初めに愛があり、次に愛だけでは食べて行けないことを知ります。

現実の厳しさを同じ価値観の者同士だから、同じ方向を向いて頑張れるのです。でも多少のアンバランスは癒しの要素があり、許せる感じがあります。また価値観が合いすぎるのも自分自身を見ているようで違和感があります。

価値観の違いを克服する。それは相手を許せるかどうかが問題で、許せるような大きな包容力と経済力が必要となります。

人の罪を許せる人になりたい

イエス・キリストのような大それたことではありません。私自身に対してのいやみや悪さを許せる人になりたい。心広き人になりたいということです。

人はいがみ合い、妬み、恨みの人生です。このような中にあって心平和に人の罪を許せる人になりたい。私は馬鹿と言われるお人よしの人生で満足です。人を押しのけてまで立身出世を望みません。

お人よしでは生きるのがやっとの世の中で、ずる賢いことは性《しょう》に合いません。貧しくてもつつましく生きようと思っています。大きな理由はありません。つつましく清く正しく生きるということは身体にいいことだからです。このように生きてきたことが身についているのです。

習慣的に人を許せるようになったのは晩年になってからです。若い時には葛藤の連続でした。今も葛藤しています。最近の私は人間が出来たというより諦めかもしれません。とげとげしい若さが懐かしくもあり、分別のつく現在の自分を誇らしくも思います。

自分が頑張ってもどうすることもできない時挫折感を感じる

最近挫折感でとてつもない焦燥感にかられます。真面目に生きてきたのにどうすることもできないのと、年と共に、根気とやる気が失われつつある自分に対しての焦燥感だと思います。このトラウマにも似た焦燥感から、逃げ出す方法を考えてみました。

はっきり言ってこの焦燥感、挫折感に対しての特効薬や適切な助言は見当たりません。しいて言えば息抜き、リフレッシュが必要です。毎日息抜きをしている人もいると思います。

その他、趣味を持つことです。頑張ってもどうすることもできないことを考えるということは、非常に立派なことです。誰しも難題は棚上げするのが一般的です。難題を棚上げするのも一つの解決策です。難題と向き合う立派なことですが少しずつ考えてください。大切な生活を投げださない程度にしてください。

人は頑張れることを誇りに生きているのです。頑張って頑張りきれなくて挫折するのは見るに見かねます。頑張らない勇気も必要なのです。(『がんばらない』鎌田實　集英社引用・参考)

いろんな人と正面から向き合うとちゃんとした自分ができてきます

人間の人格形成において常に正面から向かい合っていると、その人なりの人間形成が出来てきます。その人の考え方、人の度量というか人の厚みが自然と備わります。経験をしないで立派なことを言っても内容が伴わないのです。

昔から可愛い子には旅をさせろと言います。このことはいろんなことを見て聞いて自分の目で確かめるということです。普通の人には当たり前のことですが、これが英才教育なのです。ほとんどの人は英才教育を受けているのです。

自分の目で見る、これが英才教育なんて信じがたいことかもしれませんが、本当のことです。いろんな人と向き合って本当の自分、本当の世界、本当の世の中の流れを知ることです。見たり聞いたりでは不十分なのです。体験してわかるのです。

問題から逃げずにしっかりと向き合っていると、ちゃんとした自分ができるのです。人とちゃんと向き合うことは体力、根気、エネルギーが必要となります。本気で向き合う人には本気で聞く当たり前のことが大事なのです。

できるだけ自分のことは自分でして感謝の気持ちで生きる

人はどのようにして生きればいいのでしょうか。皆さんは自分自身でわかっていると思います。念を押して共感をもらいたいのです。歴史上の偉人と言われる人を見習えばいいことなのです。知っていてもできない自分自身に対して、念を押して共感を持ってもらうと非常に嬉しいのです。

私は俗人で欲のかたまりです。卑しい人間です、などと悲観して人生を真っ暗にする必要はないのです。欲はバイタリティの表れです。欲は創造のたまものです。欲をなくしてこの世は語れないのです。

私など欲がないので生きていくのが大変ですと言うと、友はすぐに嘘をつくな、お前こそ欲の塊だろうという返事が返ってきました。仕事も好きではないが、人よりやる方です。休みたいと思っても家にいても仕方ないと思い毎日仕事に行きます。何が面白いと聞かれると返事に困りますが、変わることがこわいのです。

できるだけ自分のことは自分で、そして少しの欲と感謝の気持ちで平穏無事な生活がしたいと思いますが、人生、山あり谷あり小さな幸せも大変です。

人の目を気にしながら生きる

本当にいるのです、人の目を気にしながら生きている人が。我が目を疑ってしまいます。あなたの心はどこにあるのですかと、あなたの生活は人の目を気遣うことですかと聞きたくなってしまいます。本当に人の目を気にしながら生きている人がいるのです。

私と違う人種です。でもその人たちは人の目を気にしないのですかと真顔で聞いてきます。返事に困ります。何せ違う人種なのでちゃんと答えてもわかってもらえないでしょう。いろんな人がいるのです。あなたの物差しで測れない人が、私の物差しでも測れない人がいるのです。

あなたは人の振り見てわが振り直せという言葉を知らないのですかと聞かれて、答えに困ってしまいました。少しは気にしますが、困ったときにほとんどの周りの人は助言や、ましてはお金など貸してはくれません。

私は私の近親者の助言は聞きますが、他はほとんど聞きませんと答えると、意志の強い人ですねという答えが返ってきました。世間を気にしながら生きている人が多いのですね。いいか悪いかはともかく、疲れますね。

人の不幸を願うと自分に跳ね返ってくる

他人が楽しくしていると焼もちが焼けてしかたない、と言う人をたまに見受けます。私から言わせれば人は人、比較してはいけないという観念が自然と身についているので気になりません。

好きな人が他の人と仲良くしていると多少の嫉妬心はあります。時には相手に対して不幸を願うこともあります。これではいけないと自分自身を叱り、ほかのことを考えるようにしています。そこが凡人なので、また不幸を願ってしまいます。

人の不幸を願う、凡人の常です。いやしい行為です。どうすればそのいやしい行為を止められるのでしょうか、別に止めなくてもいいのですよ。あなたに不幸を願った以上にあなたに災難がやってくるのです。

本当かどうか疑いたくなりますね。あなた自身過去にあったことを思い出してください。理屈でなく事実です。嫉妬心や過度の焼もちはあなたに何倍にもなって返ってくることを肝に銘じ、冷静に判断するように心がけましょう。

明るい人はそれだけで生涯賃金が五割増しです

この言葉に信憑《しんぴょう》性がなく嘘だと思う人には話をしても無駄なような気がします。でも少しでもそうかなと思う人は聞いてください。

商売、サービス業は明るく振る舞うことです。それができない人にはこの種の職業は向いていないのです。職業の選択だけでも大きく違います。ましてそれが一生続くのであれば差は歴然とします。

長生きの秘訣《ひけつ》は、と聞きますとくよくよしないこと、とか明るく生きることという答えがよく返ってきます。明るいだけで長生きができる。長生きするとそれはもちろん生涯賃金にも大きく変わってきます。また病気もせずに長生きすることは医療費にも大きく左右します。

明るいだけでいろんなメリットがあります。しかもデメリットはほとんどありません。明るいだけ、それだけで人生を謳歌できるのです。明るく生きる、それが生活の基本です。さらに生涯賃金も五割増しなのです。

頭の中のもやもやをなくしスッキリさせるとツキがでる

人は考える葦《あし》で、常にいろんなことを考えている。たまには考えることを休むために他のことをしてはどうだろうか、あなたの頭の中はもやもやでいっぱいではないか。もはや新しい考えの出る隙間など残ってはいないのだろう。

真面目な人ほど休むことに抵抗感があるようです。昔の人はほとんど休むことなく働いたとよくききます。私も今では昔の人なのでよくわかります。本当にあまり休まないで仕事をしました。

でも仕事内容が違っていたような気がします。実際問題、昔の仕事は今現在の仕事と比べるともっとゆったりとしたものでした。ノルマとか工期とかはなくゆったりとしたもので足並みそろえてのんびりと仕事ができました。今現在のんびりした仕事などありえません。

忙しい現在ほど休みをとって頭の中のもやもやをなくしスッキリとした体調で臨まないと仕事についていけません。社会に出たあなたは常に必要とされているのです。

人は貧乏くじを引くのに慣れてしまう

貧しい生活に慣れてしまうと少しぐらい理不尽なことがあってもまあ少しぐらいはいいかなと諦めてしまう。丸くなるのはいいことであるが、骨抜きになったのでは困ります。

すべてを把握してこのぐらいはいいかなと思うのであれば、それで良しとします。妥協の範囲内なら妥協という形で許されますが、あまりにも理不尽なことに対して妥協はありえません。

人は臭いものにふたをするという、理不尽なのを解決する、簡単な方法を取るようになるのです。貧しい生活をしていると特にこの傾向が如実に現れます。これを見た子供達は貧しいことは悪いことだと勘違いするのです。

貧乏でもいい、真面目に生きるということは正直に生きるということです。でも貧乏くじを引くのになれるということはいいことではありません。真面目に生きてきたあなたに後ろめたさがないなら自分の意見をはっきり言いましょう。

要人はいらない

今の世の中、上に立つ人が偉い人ではないということがわかってきました。大臣なりそれなりの地位にいた人は下から押されて、今の地位を築いたわけですからそれなりに敬意を表します。

でも今要人と言われる皆さんに言いたい。あなたの代わりはたくさんいることを覚えておいてほしいのです。はっきり言わせてほしい、あなたはツキがあったのですと。でもツキも実力のうちだと実感しています。

あなた自身が立派になって偉人と言われるようになっても、それはあなたの自己満足であって世間の目は冷たいものです。あなたに対してもっともっとという要求をしてきます。いたちごっこです。

世の中はあなたが偉人と言われるヒーローになっても、もっと上のヒーローを求め、いつの世も出てこいヒーローなのです。あなたと同じような、もっとそれ以上のヒーローを求めているのです。

地に足を着けて

何をするにも腰をどっしり据えて、ゆっくり物事に向き合いたいものです。慌てて物事に対処してもろくな結果はついてきません。

いつも慌てん坊の私は、最後まで話を聞かずに走り出す方です。当たり前のように、やはり良い結果はついてきません。私のどこが悪いのかと言われると、性格だからと諦めるのは、ちょっと悲しいものがあります。

いつものようにできる人が羨ましくなります。人前で漢字を書くとき、いつも書ける漢字が書けない、こんなことがしょっちゅうです。本当に大学を卒業した人とは思ってもらえず、恥ずかしい思いをしました。

何が悪いのかさっぱりわかりません。大事な時にできない。地に足を着けてできない。この対処法は周りを見ないことの一言に尽きると思います。周りを見すぎて駄目なら、見ないで間違ってもいいじゃないかと、開き直って堂々とすることが、地に足を着けての行動だと思います。

私に追い風をください

仕事をするのも何をするにも、トントン拍子に行きたいです。気分が乗るか乗らないかは、進み具合に大きく左右します。

いつも私は神頼みをします。運がなければただの人といつも思っています。私はもちろんただの人です。でもツキを大事にしているので、自分としてはついている方だと思っています。

実力のない私はどうにかして人並みにまたそれ以上に、と思い頑張っています。高学歴、高収入、高身長をと願っても今となっては遅すぎます。誰に文句を言っても遅すぎます。名誉挽回、汚名返上のために、普通の私に必要なのはツキです。

面舵いっぱい、南南西に進路を取れ。追い風を受けて、順風満帆な人生を送りたいものです。

人と人の共感を求めて

人は何を求めて生きているのだろう。わかり合える友を求めて生きているのだろうか。何かをした時に良かった、素晴らしいとお世辞を言ってもらいたくて頑張っていると思います。

共感してもらえる友達がいる、わかってもらえる良き伴侶がいる。これが一番だと思っています。あなたの気持ちが通じあう、これが生きている証しなのです。これなくして努力のしがいがないのです。

あなたが人に無視されたら生きる力に翳《かげ》りが出るでしょう。共感とは生きるための推進力であり、世の中の潤滑油なのです。人は温かい言葉をかけられるのを待っているのです。あなたが良き理解者になると力も倍増です。

あなたの共感が一番です。そういう人とのコミュニケーションを求めて生きているのです。やはり共感なくして物事の進展はないようです。人は人と人の共感を求めて生きているのです。

空気の読める人

人はいろんな行動があります。あなたの行動を妨げるものが悪であり気に入らないものです。気に入らないことでも受け入れなければならないものもあります。

横断歩道を渡る人には道を譲らなければいけません。もちろん横断歩道を渡る人には優先権があります。でも皆さん急いでいられるでしょう。速く横切るという行為、早走りで横切る人が大部分です。これが空気を読むということです。

世の中は法律、規則、ルールで動いています。でもそれは人と人の信頼関係に基づいています。その信頼関係を揺るがす行為がいけないと言っているのです。車いすの人や足元のおぼつかないお年寄りなどゆっくり渡るのは温かい目で見守ることができます。でも健常者がもたもたゆっくり歩くのは許し得ない何かがあります。

何が悪いのか、忙しい世の中が悪いと言ってしまうと会話が終わってしまいます。誰しも忙しいのです。その忙しい中、規則、ルールを守り生きているのです。空気を読み人と人のトラブルのない快適な関係で過ごしたいものです。

私は悪い人に会ったことがありません

こんなことを言うと馬鹿なことを言っていると言われそうです。でも世の中心底悪い人はいないと思います。境遇や、その場の心理的状況で悪いことをしてしまったのだと思います。

悪いことをさせるような心理的状況にさせてはいけないのです。窮鼠猫を咬む。衣食足りて礼節を知る。精神的や肉体的に切羽詰まった状況下に陥らないようにする。自分自身を安住の地において、常に周りとの調和を意識しながら協調性を持って生きる。

協調性やバランスを失うと、大変なことに陥る危険性があります。過剰に周りを意識する必要性はありませんが、やはりある程度足並みをそろえた行動が必要と言えるでしょう。孤独になると自分自身の心の居場所もなくなるのです。

精神的や肉体的に居場所がなくなって悪いことをするのは多少理解できます。しかし欲望のために悪いことをするのはやはり罪悪人です。生きるためには欲は必要です。でも強すぎる欲は罪悪人です。

本当の良さが分かる人

これは簡単そうで非常に難しいことなのです。いいものを見分ける。これができればいろんな仕事ができます。リサイクルのお仕事、料理人、政治家、裁判官、みなさん本当のことの見極めに四苦八苦しているのです。

いいものはいい、悪いものは悪い、単純なことですが長い間に先入観が目を曇らせわからなくなっているのです。ここで私は普通の人が一番頭いいと言いたいのです。人はいろいろと議論して普通の考えを導きだしているのです。

この世の中をスイスイと生き抜くには普通の考えを持つことです。普通の考えを持ちつつ、奇想天外のアイデアを持つ人が望まれるのです。奇想天外のアイデアがなくても普通の考えがあればうまく世間を渡っていけます。

世の中は本当の良さをわかる人を求めているのです。それは頭のいい人ではなくこれといった才能のある人でなく、ごく一般的な人を求めているのです。その中にわずかながらの才能があれば言うことはないのです。才能があっても難しいことを言う人は嫌われるのです。

普通の考えが持てない人がいる

年と共に依怙地になる。私だけはそういうことには決してなりません。と断言したいと思いますが、その思いが打ちくだかれ残念です。

上から目線が気になる。これはいいのですが、人の目線が気になる。目線でなく視線でしょうと言いたくなりますが、今現在一般的に、視線でなく目線が正しいと言われると頭の中でガーンと大きなハンマーで打たれたような気がします。

これはこれで小さいことですが、一般常識がわからない人が増えています。約束の時間を守らない人、まして自分が客の場合は特にです。相手は待つのが当たり前と思っています。この感覚は身に付いたもので直らないと思います。タイムイズマネーの感覚が薄れてきています。

これがもし逆だったらどうなるのでしょう。切れる、のひとことだと思います。やられて嫌なことはしない。一般常識のわかる普通の考えを持てる人でありたいと思います。

挨拶して返事のない人にも挨拶をします

挨拶をしても返事の返ってこない人がいます。私もこの人に挨拶をしないかなと言うと、すぐに友達から返事が返ってきました。あなたも同じような人になるのですね。私はギクッとしました。

挨拶を交わす。返事のない人にも挨拶する。これができれば一つ上の自分になれます。自分の殻にこもらず、窓を大きく開いて門戸を閉ざさない、これが一つ上を行く自分の姿です。

何が面白くないのでしょう。私があなたより男前なとこですか、それともあなたより頭脳明晰なことですか、私はあなたに自慢などしてないのですが、あなたは私がいるだけでむさくるしい思いをなさるのですね。よく言う天敵的存在なのですね。

こんな私になせることは世間一般の挨拶や常識的に振る舞うことです。あなたとの価値観を共にすることはできません。それは土足であなたの家の中に入り込むことと一緒です。でも挨拶ぐらいは、いつでもにこやかに笑って笑顔でします。

詐欺師には責任がないので言葉の羅列が得意です

結婚詐欺師、おれおれ詐欺師、みなさん話術が得意ですね。口下手な私は教わりたくなります。詐欺師というのは、なぜ口がうまいのでしょう。よく考えてみましょう。詐欺師はある程度口がうまいのは認めます。

しかし彼らの口のうまさは上辺《うわべ》だけです。少し話をしていて問題にぶつかると声を露《あら》わに怒ってくることがよくあります。賢そうに答弁していても実際のところは以前から用意したシナリオ以外の質問があると答えられないのです。

詐欺師のように甘い言葉の羅列で彼女の前や婚礼のスピーチや葬儀の時のスピーチなど手ほどきが受けたいほどです。何につけ詐欺師は責任が出る前に逃げるつもりなので言葉巧みの口から出まかせがうまいのです。ある程度口がうまくなければ詐欺師や政治家にはなれません。

詐欺師や政治家でなくとも営業や外交その他、口がうまければいろいろな職業が目白押しです。責任を自覚すると暗い会話になり間がとれないのは事実です。でも明るい会話は話が前に進みます。やはり人と人は会話です。責任を持った暗い会話は間がとれないのですが、詐欺師のような立て板に水の会話が好まれるのも事実です。

言葉には人格がある

あなたが立派なことを言っても、なかなか聞き入れてもらえません。それはなぜでしょう。立派な言葉に裏打ちするような人物にあなたがなっていないからです。立派な言葉にはそれを裏打ちするような立派な人物になる必要があるのです。

偉大な科学者は十代にその理論を作り上げていますが、それを世間に公表できません。もし公表するとしたら誰かの名前を借りなければできません。それは自分の功績を人に譲ることになります。

誰しも人に功績を譲ることは耐え難いので必死に頑張って、その時を待つのです。簡単に待てればいいのですが待つことの辛さは辛抱の日々です。他に選択肢はないのですかと言われてもないのが事実です。

あなたが立派な言葉の似合う人物になってください。言葉は顔です。言葉は人格です。言いたいことのあるあなた、言いたいことがあるなら立派な人物になってください。そうしないとだれも聞いてくれません。言いたいことがあるなら頑張ってください。

底辺がなぜ悪い　底辺がなければ頂点もない

いつも底辺で生活をしている私がこんな風に居直ってはいけないと思うのですが、一つ言わせてください。底辺での生活は気楽で楽しいです。負け惜しみかもしれませんが最近負け惜しみに慣れてしまい、結構居心地がいいんです。

いつも思っていました。あの人との差はなんだったのだろう。努力の差、お人よしの自分の性格の差、右折と左折の間違いの差、誰しも選ばれて生まれてきたのですが、差が底辺と頂点、雲泥《うんでい》の差です。

でも知っています。底辺にはたくさんのお友達がいます。頂点は常に孤独との戦いです。誰しも頂点がいいと思いますが、頂点の苦労を思うと、今のままでいいかなと思う日々です。なにが私を社会の底辺にしたのか。

はっきり言うとそれは成り行きです。レールがそのように敷かれてあったのです。頂点と底辺、その違いが成り行きだとすれば諦めきれません。もう一つもがいてみましょう。人生いちどです。もがいてみてもだめかもしれませんが、もがかなかった人より、ましな人生を送ることになりそうです。

無心の努力は報われます

なぜだかわかりませんが、下心があったり、邪念があったりしたときは報われることが少ないのです。これを知っても状況はあまり変わらないのですが、少しずつ欲張らないようになりました。

神様はすべてのことを見通しているのでしょうか。それが事実なら神は偉大です。私馬鹿なことを言っていますね。神は偉大に決まっているでしょう。神を冒涜《ぼうとく》する言葉です。

下心の善意は見透かされて恩恵どころか、かえって災いが降りかかってくることがおおいのです。神様は隅々まで見ていらっしゃると思い感心する思いです。見え透いた善意を嫌うのです。

神様は公平です。見え透いた善意を嫌います。いつものように、が好きなのです。そしていつもの行為が善に満ち溢れていれば最高です。いつもの行為が善に満ち溢れていなければなりません。小手先は嫌われるのです。でも手始めは小手先です。それが板に付いてくると小手先でなく真実の善意になります。

喋らない男

昔は寡黙な男がいい男の代名詞でしたが、今は違います。喋らない男は何を考えているかわからない。危険人物と思われがちです。自己主張が大切なのです。男は黙って腰をすえている時代は終わったのです。

寡黙な男性には酷な時代です。話をしないと危ない人物と思われる時代なのです。口下手な男は困ってしまいます。いい女は口から生まれてきたような薄っぺらな男に持っていかれ残り物しかないのが現実です。

やはり男と女の関係は早いもの勝ちということは揺るぎないと思いますが、たまに売れ残りにもいい品があります。あせって悪い品を選ぶか、じっくり良い品を選ぶか、私は商品ではないと怒られそうですが。

最近は結婚しない男女が増えているので、焦らなくてもいい品が残っているようです。でも若さというものはつい焦ってしまうのです。喋らない男が嫌われるのはどう忠告していいか迷ってしまいます。残り物には福がないとの忠告が、私の焦らなくてもいい品が残っていると矛盾しています。でも若さというものは焦りたいのです。喋らない男が嫌われるのはどう忠告していいか迷ってしまいます。残り物には福が少ないとの忠告が私の忠告です。

満足するように与えられた物に不満足なら安らぎの地はない

欲しいものはいつも手に入る、幸せな日々を送って来ました。ほとんどなに不自由なことはありませんでした。裕福な家庭に育ったということです。

陰日向なくおっとりと育ちました。人の言う箱入り娘に育ちました。これと言って困ったことはありません。しいて言えば自己主張がありませんでした。自己主張をする必要がなかったからです。

のほほんと育った私は、このまま苦労せずに生きていけるのでしょうか。いつも与えられたものに不満足でした。でも満足するようになりました。

いつもの満足が不満足でしかありません。歯車が変わってしまったのです。いつもの私でいられなくなりそうでなりそうです。満足と不満足との境はあなたの心で揺れ動くのです。満足するための安らぎが欲しいと思います。

四次元の世界にいる

私はあなたたちと住む世界が違います。いつもそうして浮いています。どうして協調性がないのですか。そう言われてもあなたたちと一緒の世界にいることが許せないのです。なぜか私の存在価値がなくなるような気がして、いつも引いてしまいます。いつも一人で浮いていると誰にも相手にされない人になってしまいますよ。誰しもがこんなわけでない。私と他の人と一緒にしないでください。私は選ばれた人なのです。

思い上がった言動です。あなた何か勘違いをしていませんか。現実から逃げたい気持ちはわかりますが逃避はいけません。みな選ばれてこの世に生を受けているのです。あなたも、他の人も選ばれてこの世にいるのです。私にかぎってと言いたいのはよくわかりますが、あなたのお友達も私にかぎってと思っているかもしれません。

いつもみんなの和に入り明るく生きないと、あなたに明るい未来は来ませんよ。いつも現実から逃避しないで明るく未来を見つめてください。明るい未来はお友達と一緒です。

あとがき

前回『心の平和』でデビューしましたが、もう一度、私の心の平和を理解してもらいたく再度『心の平和Ⅱ』の出版にこぎつけました。

心の平和は、我が家に代々引き継がれてきましたが、難しすぎるということでうやむやになりかけていた教えです。わかりにくいかもしれませんが日々の実践で理解できることを信じています。

著者プロフィール

星　幸一（ほし　こういち）

1952年3月25日、栃木県に生まれる。
駒沢大学文学部地理科卒業。
在学中に心の平和を見つけ、日々実践し
やっと出版にこぎつける。

心の平和Ⅱ

2014年6月1日　第1刷発行

著　者　星　幸一

発行者　向　哲矢

発行所　株式会社　日本文学館

〒160-0022 東京都新宿区新宿5-3-15
電話 03-4560-9700（販売）FAX 03-4560-9701
E-mail order@nihonbungakukan.co.jp

印刷所　株式会社　晃陽社

ISBN978-4-7765-3837-0